U0019213

我 是 貓

I AM A CAT

嘉麗雅·伯恩斯坦 著　朱崇旻 譯

「哈囉，我叫西蒙。
我是貓，就跟你們一樣！」

「貓？」獅子說。「孩子，別傻了。你不是貓，因為我才是貓，你跟我一點都不像。貓都有鬃毛，尾巴也有一撮毛，我們大吼的時候，所有人都會嚇得發抖，因為我們是萬獸之王！」

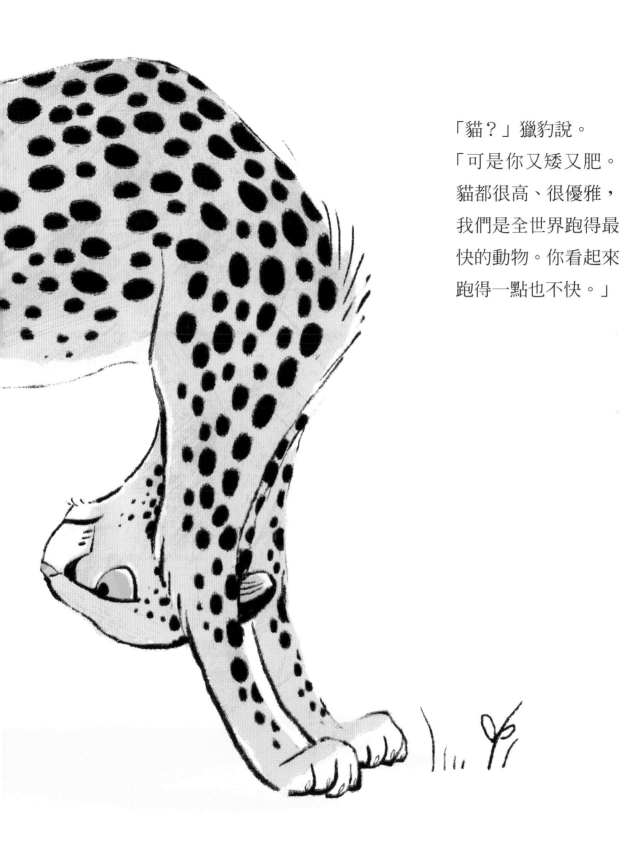

「貓？」獵豹說。
「可是你又矮又肥。
貓都很高、很優雅，
我們是全世界跑得最
快的動物。你看起來
跑得一點也不快。」

「貓？」美洲獅說。「怎麼可能！貓都住在山上——所以大家也叫我們『山獅』。我們跳得很高、躍得很遠，而且很強壯！你看起來一點也不強壯，連我認識的小兔子都不如。」

「貓？貓都是黑色的。」黑豹說。「我們住在叢林還有雨林裡，在樹上睡覺。你是不是連叢林都沒見過？」

「貓？」老虎說。「太好笑了。聽著，貓都很大、很強壯，而且顏色非常非常橘。你又小又灰，可能是某種老鼠吧，怎麼會是貓？」

西蒙很困惑。「只有獅子有鬃毛。」他說。「沒有人跟黑豹一樣黑，或跟老虎一樣橘。沒有人跟美洲獅跳得一樣高，或跟獵豹跑得一樣快。那為什麼你們都是貓？」

「因為我們有很多共同點。」獅子說。
「我們都有神氣的小耳朵、扁扁的鼻子……」

「……長長的鬍鬚還有長長的尾巴。」

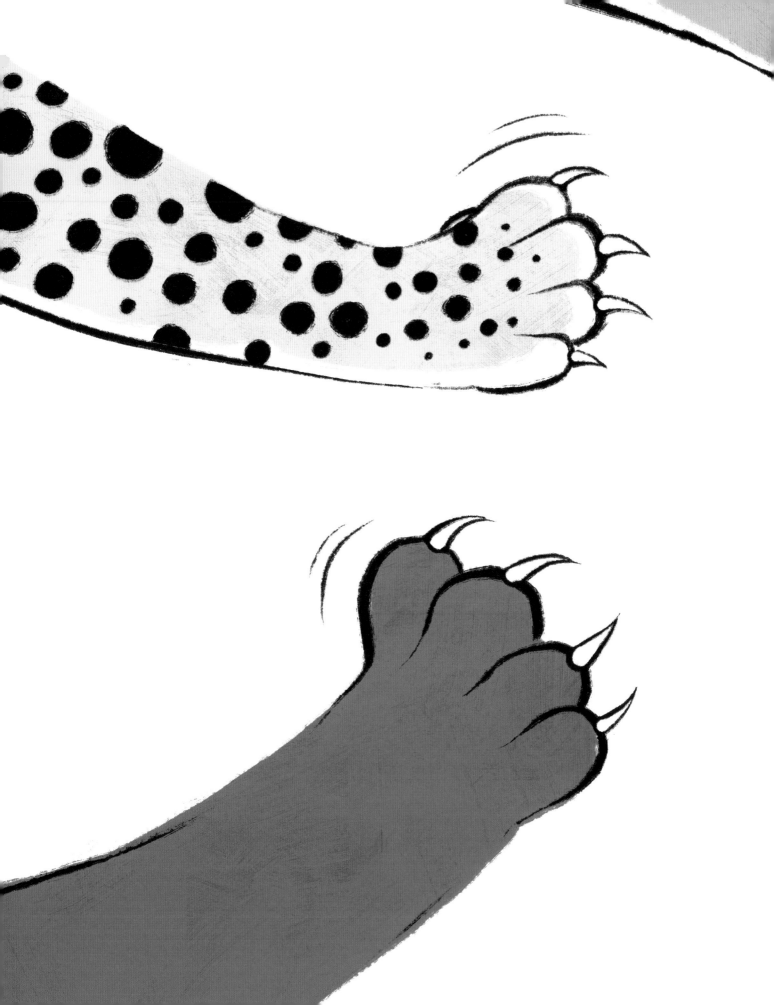

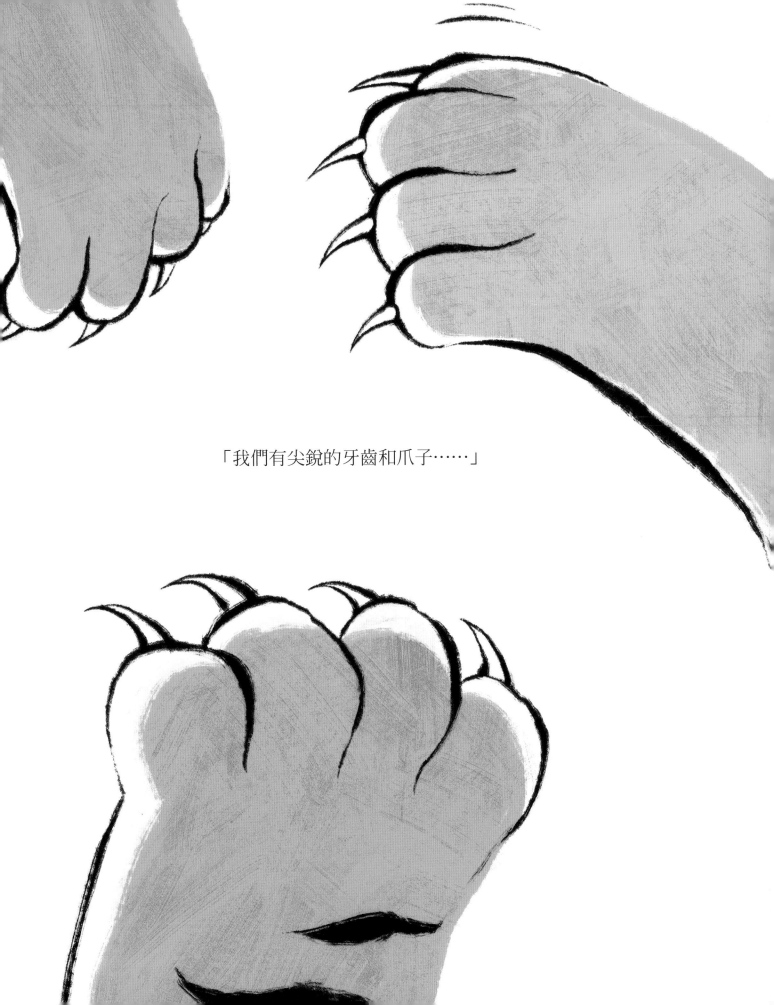

「我們有尖銳的牙齒和爪子……」

「……還有在黑暗中看得見東西的大眼睛。」

「我也一樣。」西蒙說。

「那些東西我都有。」

「只是比較小而已。」

大家湊上前仔細觀察。

啊……… 獅子說。

喔……… 美洲獅說。

唔……

「這麼說的話……」黑豹說。

呃……

「很有可能……」
老虎說。

你是貓！

獵豹說。

「所以我也是貓家族的成員嗎？」
西蒙問。
大貓們你看看我、我看看你。
「是！」他們異口同聲地說。

於是大家一整天一起猛撲蹦跳、潛行
覓食、嬉戲玩耍，因為他們無論是大
是小，都是貓。

給西菈與哈達，
個子雖小，卻是我天不怕地不怕的試閱專家。

Witty Cats 8

我是貓
I AM A CAT

作者　嘉麗雅‧伯恩斯坦 Galia Bernstein｜譯者　朱崇旻｜編輯　黃筱涵｜美術設計　沐央工作室｜執行企劃　朱妍靜｜編輯總監　蘇清霖｜董事長　趙政岷｜出版者　時報文化出版企業股份有限公司　10803 台北市和平西路三段 240 號 3 樓　發行專線—(02)2306-6842 讀者服務專線—0800-231-705‧(02)2304-7103 讀者服務傳真—(02)2304-6858　郵撥—19344724 時報文化出版公司　信箱—台北郵政 79-99 信箱　時報悅讀網—http://www.readingtimes.com.tw｜法律顧問　理律法律事務所　陳長文律師、李念祖律師｜印刷　和楹印刷有限公司｜初版一刷　2019 年 8 月 16 日｜定價　新台幣 350 元｜版權所有　翻印必究

時報文化出版公司成立於 1975 年，並於 1999 年股票上櫃公開發行，於 2008 年脫離中時集團非屬旺中，以「尊重智慧與創意的文化事業」為信念
（缺頁或破損書，請寄回更換）。

ISBN 978-957-13-7888-6